JN095474

詩と思想
新人賞叢書 17

空位のウィークエンド

雨澤佑太郎 詩集

土曜美術社出版販売

詩と思想新人賞叢書17

空位のウィークエンド

目次

空位のウィークエンド

群島は長く燃えて

そう、透明になってしまえばぜんぶ無駄だね
折れた手摺りをいまさら摑み直す
微小だけれど無尽蔵な結晶の、そこかしこに凍てついて
斑点が浮き出た回廊を抜け
暁闇のさなか　挨拶もせず南へと帰る
思い返すのは、
英字で署名をする青ざめた手に
独特の共感を読み取った日
自治された家で

草の浮いていた水槽を洗って
雨季が終わる喜びを分かち合いながら
まだ仲良くインスタント麺を混ぜていた
ビールが飲みたいと言うので
持ってくるために一階へ降りて行くと
ドアの陰で通話をしているらしい誰かが
酸素が苦い、口語がこわい、と
訴えているのが聞こえた

良く晴れていたから見えたのだと思う
痩せた背中だけが印象に残っている男の子が
罰ゲームで屋根の上を歩かされていた
起きたことだけを覚えていようよ
色とりどりのひかりを受け入れる窓

いまそこへ凭れているのは猟銃よりも重たい肩
群島は長く燃えてあなたの
清々しい喉元にさえ及ぶだろう
憎むことと暮らすことの境目、魚群も
絶え絶えになって
原点に立ち戻ればわたしたち隙間の多い構造体
フレームワークの外にある会話だ
気前よく与えられた色と容積だ
こんにちは、
名前を並べていけばその最後にあるのは
濡れた指に毟られ続けている青鷺ですか

共有のために

昨日までの泰然さを破却して
新しい孤立した位置を共有する

弟が餡パンを齧ると
中身にはしばしば血が混じっている
弟は半分を食べ
もう半分を隣家の叔母にやる
「あのねえ私は明日にも死んでしまう」と泣きながら叔母は
彼女を慰めていた親族友人がしだいに離れて行く中
十年も二十年も健康に生き

今日もまたソファーの上でさめざめ泣いている

思えばやたらと子どもがいなくなる街だった
懐かしいクッキー缶の匂い
飢えも渇きも充たすことはできないが
ああ多幸感というのはこういうものなのだと思った

午後一時
希望の兆候もない、しかし
ただざわめきやまぬ公園
「俺は本当におまえたちが嫌いだ」
あらゆる遊戯にすっかり飽き果てて
やけくそのように大声で歌う男たちの一人が
土で汚れた革靴を光の淵へと放る

水牛死す

鹵獲(ろかく)された飛行機が草原に半分ほど埋まって
煮豆がようやく皿を満たすのである
大慈悲はもう皮膚の上を通り過ぎたのだし
疲れていることを口に出すべきではない
そこに誰もいないことを示す明かりが
尚もしたたかに灯されて行く気配

いちど放たれた祝福はこの地上に届けられなければならない
誰もがそれを怠るのであれば僕らがそれをする

話を最初に戻すと
廃墟とそうでない場所の違いは
いま廃墟であるか
これから廃墟になるかの違いでしかないのに
あなたはきっと嫌な顔をする
次々と包装紙を破いて行く憂鬱な真っ白い指たち

意識を割いた回廊へ汚水が押し寄せて
長い黒煙がぼやけている
水牛は死に
おびただしく死に
不要とされたシーケンス図が
こちら側にひっそりと残されている
手提げの中にひとつの吸入器を落とす

遠くの地平がしばらく揺らいで
よもすがら　火も呪いも一瞬で途切れる
しばらく息を整えてから
今も持ちこたえる前方へと発つ

悲劇という名前の穴は無い

思えば久しぶりの呼吸だったと過去に向かって直立する三千の樹樹、あるいは河を焼くような白い速度で僕らに訪れる敵意があったとしよう。ビデオを再生すると圧倒的な無関心のさなか、ひっくり返ったトラックがばらばらになったビーズパズルを盛大に、撒き散らし、それは河を流れて行く。カーテンコール、ところどころ小さな蛹が吹き出て、五〇メートル先までを覆いつくす気配。ファミレスの呼び鈴が鳴る。呼び鈴がもう一度鳴る。暗闇に慣れた視界はところどころ濡れている。一本のフォークを手にしてトイレへと向かって、テーブルに帰ってくるまでにどれほどの時間がかかるのだろう。

直接見たことはないが脱衣所の壁に
巨大な死んだ珊瑚が描かれているそう
戸棚を開けてみると
アイスケーキの箱の中から口笛が聞こえた
それを気にも留めなかった
犬を呼びに黄色い階段を下りている途中
示し合わせていたのだろう
ワイヤレス・イヤフォンもろとも耳が
削ぎ落とされて（それは痛くはない）
向かいの公園に敷き詰められた
たくさんのブルーシートがばさばさと踊り波打つ

空位のウィークエンド

撤回された恩寵の中で
春はいつまでも暗い制度に塗れて佇立する

私は見た
密室に浮かぶひと房の葡萄の写真を
そこにある省略の
かえって厭味っぽいひたむきさを
それから数年がたって、首都
足元を埋め尽くす大量のペットボトル

それぞれの飲み口から
垂れ流しにされた発光塗料
今にも
音楽と混ざってしまいそうだ

吐き気は旅立ちの合図だった
一本の事実が暗い天井に立ち昇って行く
平原から生きている群衆が出現して
ふざけた予定調和の幕間の世界に
小さな脚立を置いて行く
字幕は流れ
偽史はますます精巧になる

週末になったら、数々の無言電話に

差し出せる限りの親しみを込めて
おはよう！
おはよう！
おはよう！
と応じよう
それが
せんごにほんの最も無害で愉しい週末である

（しらじらしくカーテンが靡いた……）
雨天　車両に乗り込む男どもの出発を見送る
ヘッドフォンを装着した係員は
来るべき　しかし
遠い朝餉のことを思った

A

酷暑の息絶えた頃合いに
お前をサイクリングに誘いに行くつもりだった

「サラダボウルに収まる後日譚よりも
墜ちてゆく　ヘリコプターが好きだ」
と痩せた声でAは言った
けれどもそれだって
十時間も眠る至上の快楽には敵わない
幸福な時代は終わった

幸福な時代は終わった
長引く不眠のせいで
今では悪夢さえ見ない
始終ぼんやりした頭で暮らす
相変わらず冷蔵庫の中では
清潔な銀紙に包まれて
切り取られた舌が凍えている

神秘主義って具体的にどういう過誤なのだか
今よりずっと若い頃にはよくわかっていなかった
郵便局の廃止を通達するハガキ
卓上にオレンジのある会議
裸に剝かれ射殺されるストロング・マン
そんなことごとの方が日々の中で

ずっと重大な情報だったから

やがて黄金期は到来するだろう
しかも　僕らはそれに決して間に合わないだろう
僕らにそのことを喜ぶ資格があるのかどうか
Aは何もかもわかっているが教えてはくれないのだ

ウラジミール・コジミチ・ツヴォルキンのための頌歌

まだ晩夏ではなかった
嬉しいですね、とおまえが遠くから挨拶をした
砂利を踏む音
ガラス越しに感じるあいまいな表現
林檎を受け取る
戦争が終わる　入れ替わる
手首が空に群れる
疑う　歌う　行儀の良い無関心
私はおまえがどこかへふっと消えてしまう

のを考えるのがこわい
おまえは私の後ろか前には立つが
横には来てくれない
あまつさえ
おまえについて話すのは難しい
おまえは全部がぼんやりとしていて
実際のところ成り立ちがよくわからない
私が正確に把握しようとすれば
いろんな因果が働いておまえはずたずたに
引き裂かれてしまう
(最期に待ち受けているのは
森の中に深く掘られた穴と、
その穴に入って後ろを向くように
命令する声だけなんだって)

感情を前後させながら
緩慢なおおきな泥地に向かって
足を投げ出している
死、は虹の古層の捕虜となった双子を包摂する
死、には終わりというものがなく　影すらそこに留め置かない
願わくば　死者と共生する永久の共和国
そのためのやさしい福祉を……
（軍手、鴉、工具……ウラジミール・コジミチ・ツヴォルキン……拍手！）

巧妙に嘘をついても。
映像を完全に再現することは。
私にはできない（焚き火の匂い）。
まだ祖父が元気だったころ（あ、……）。

おまえが強くひっぱったから。
シャツがやぶれてしまった。
白白白白白いシャツ。
そこに至るまでの長い苦しみ。無駄だった。
遥か。誰も目を合わせない。
密告と歓待。
傲然たる盗聴。
「大好きだよ」のネスト。
ここまで一緒に引き摺ってきてくれて。
ありがとう（ＯＫ）。

ある不確定なシステムを
おおらかさと誤解して
その誤解にいつまでも甘えていた、

と私は気付く
おまえは雨に照らされ
誰もいないグラウンドに
斜めに立っている
（石のように並んだふたつの思慕……、）
そうか　誰にとっても、読む／読まれることは
終わらせる／終わることだった
読む／読まれるという体験はさびしい
私たちにとって、何も象徴し得ない
でたらめに広大な袋小路

空港にはさっきまで消化不良を訴える人たち
が（水辺の虫のように）ざわめいていた
卵でいっぱいにした籠を持つ少年を

バットを持った少女の一団が取り囲み
激しく殴打する
最初のうちは少年の悲鳴や
抗議が聞こえていたが、少女たちはまるで
珍しい楽器でも叩くときのように熱中して
(「やめろ!……やめろ!」
「アッ……ゑ……」)
殴打を続けると、少年はからだを丸めたまま
何も反応を返さなくなった
都市の整備されたすべらかな地面
落ちる卵　割れる卵
(どうしてこんなになるまで放っておいたの……?)
像は撤去されてしまった
猫は食べられてしまった

電車は行ってしまった

（時と場合に拘わらず中庸的なハンバーグを
作ってくれる）　喫茶店を出て駅へ歩くまでの
間に上着がずいぶんと濡れてしまった
ぼろぼろのダンボールを蹴る
どこかが痺れていて不快で
私はだんだんとおまえが私に何らかの感情を
向けているわけではないのだと理解する
役割や　あるいは使命と名状されるもの

先週から顔がない清掃員に
追いかけられている
（明確な寓意の提示？

……いいえ、要約されただけ）

道中、鹿をたくさん殺したよ
黙っていると社会に居場所がなくなる
創造性のアピール　総模倣のダンス
生活を淡々とこなす
説明されないと不安になってくる、
という吐露はきっと傲りなのだろう
（全く似ていない……）放浪

おまえは一定の距離を保ちつつ
「愛していたから告発するのでしょう」と
（何に対して……？）呟いて
吹きさらしの椅子にゆっくりと座った

都会のニュースキャスター

短い翳りの下
不当な文法のスピーチを聴く一対の耳
喫水線はそれほど感動的でもなかったのに
痩せた空は残酷にも柔らかい

涙の鈍い導きが前触れもなく下降するとき
イーストサイドでは誰もが己の
想像に凍えながら座っていた
蝕む冷気の呼び覚ます歯痛を頼りに

貧相な歓喜の誘惑に耐えようとして

昏睡が美徳とされる近未来
地獄は完全予約制となった
凶事への招待も魚料理がついてくるのであれば悪くはない、
と都会のニュースキャスターは冗談を言った

仮象記録

ディスプレイの上を滑る光
書かれる前から書き直しは既に始まっている
夜という時間そのものが巨きな生き物のように深い循環を保ちながら
復権するとき
ひとつの気配が眠る人々の隣を
もしくはずっと遠く先の場所を
去って行くのを感じる
昔のことだが

トンネルを出る前に拾った容器の中身へ
些細な疑念が向けられていたらしいと
あとになってから聞いた
そう言えば懐かしいな
最初に出会ったとき君は虚しく咳き込んでいて
虚脱から逃れるために暗い洗面器へと顔を浸けたのだったな

「だって●には出生地がないし
眼や肌や髪や声そして思想だって
あってないようなものでしたので」

夏のある弛緩した空気の満ちた休暇中のこと
二万もしたという一足の黄色いスニーカーを探しに
鷺たちの死骸の浮かぶ水路へと入った

捜索に一日を費やしてしまって
肝心の持ち主はいつの間にか
もっと奥に引き込まれていったけれど
行方不明になっていたスニーカーが発見され
それを抱えて水路から陸へと
移動しようとすると
すぐに押し戻されて膝までずぶ濡れになった
僕は暗闇から伸びてきた一本の腕を摑む
その腕が誰のものであったとしても
摑まなければ不安が
目と鼻の先から退いてくれないから
鉄と鉄が擦れる音がする
はじめから壊れているものは壊れているとは言えないし
懸命に嚥下する人を笑う道理もないよって言ったろう

ユーモ／ア

（横転した支配の傍らで抱きしめられていた
歴史があり、それは決して過たずしかし長く）
誰かに手を引かれて
コンビニまで歩いて来た筈なのに
ふと周囲を見渡すと私しかいなかった
石神井ではよくあることだそうだ
眠ることも起きることも
与えることも奪うことも
ここでは大した違いがない

公園の脇道に入るとアパートの窓から
ぶら下がっている男のよく日焼けした腕
が少しずつ伸びていって
やがて地面に到達しようとしていた、
男は石神井の有名人で
近隣住民諸氏からはイモムシと呼ばれていた

イモムシは私を見るととても素敵な服ですね、
とまず私の服装を褒め
（もう何年も同じ服を着ているのに）
そのあとにもう何年も
この繰り返しなんですよとため息をついた、
残念ながら自分には何もできませんがどうか

希望を捨てないで下さいと私が応答すると
イモムシは
大粒の涙をたくさん垂らして
それは
空気に触れ酸化を始めるのだった

そんなに伸びてしまうと腕が痛くないんです
かと私が尋ねるとイモムシは
ええたまに痛いです、
おまけにキッチンでは雨
がよく降りますので、と
恨めしそうに
私の方を向いて言い
伸びきった腕がまたぶらさがる場所を求めて

彷徨っている、
いっそ鋏で切ってしまいたい！　と
イモムシは興奮していた
血の嫌いな私でさえ弱弱しくそれに賛成する

会話が続かなくなる気配を敏感に察知した
私が
湯舟で飯を食べる習慣は不健康ですか、
と問うと、イモムシは
それは均衡を著しく損なうのでやめなさい、
音韻を安定させて史実とともに生きなさいと
強く窘める口調になり、
つい腹を立てた私はすたすたと歩いて来た道
を引き返してしまった

愚かなイモムシだと私は思う、
ここを通らずとも
石神井には何本も道があるというのに

つねづね考えている
どうして近づきがたいほど
親密な私の体積は
こんなに続いているのに
声たちが早く流れるのだろうか、と
でもそれはあくまで思弁上の問題であって
歩くのを止めれば
そこには
誰もいないが
爪で引っ掻いた土に

深く食い込む言葉
「石神井には捜される人しかいない」

不況の精神

バッティング・センターの駐車場で
僕らは僕ら自身の亡霊と出会い
未来をしきりに懐かしがっている

僕らは遺棄された関数
僕らは不況の精神の申し子
たとえこの両脚で砂浜を歩いても
足跡すら残しては貰えない

有形無形の暴力の氾濫が僕らを癒合するようにしっかりと包み込んでいる。幻像を担保するものとしての校舎、枯れたプールのほとり、埃の匂いと射光に噎せ返るスクエア、父や母と暮らす平均的な家宅の内と外、そして自らの夢想の中にすら、精密な暴力とその予感が充満していた。僕らは暴力の粒子に汚染された空気をひっきりなしに吸い込み、小さな肺をいっぱいに膨らませ、心底怯えながら興奮する方法も知っていた。

夜よりも暗い朝の下で目配せをする
見覚えのある擦り傷を持った
賢しげな顔たち
騒音が途切れるたび
僕らは他人の恐怖

の裾野に逃れ
ずらりと立ち並ぶ
あらかじめ泥に塗れた裸の肩へ
過剰な親しみに満ちた涙を落とす

トポフィリア（亜細亜）

久しぶりー、元気にしていた？
それぞれ更衣室で落ち合って
体操服を着たままで青い迂回路をゆく
素手でスパゲティを食べるわけには
いかないから
体育館にスプーンとフォークを持ち寄った
ダイエットコーラを飲みつつスパゲティを
突きまわしてずっと笑っている
食事は豊富でみんなたらふく食べ

デザートのオーギョーチと
クリーム入りのドーナツもあった
山手線っていつか見てみたいねえと言いつつ
食後の話題は移り変わっては打ち切られる
加速器を積んだコンテナ船が
水飛沫を上げながら崩れ落ちた日
（とめどなく沸き起こる歓声）
地下道で立ちながら
顔が燃えているという男
（朝方に出会えばとても親切であるとのこと）
隣の区で行方不明になり
そのまま見つかっていない芳川正春先生
（たぶん洗濯機の中にいるとの意見で一致した）
そろそろ次の速報をシェアするために

タブレットの画面をスワイプ
すると、浮かび上がった文字列
「中央分離帯のシーラカンスたち、
酸素濃度の引き上げを要求している
現地負傷者多数」

気づけばずいぶん人が増えていた
寂しさから抜け出すことができて
よほど嬉しいのだろう、
体育館に響く声がだんだんと
大きくなりつつある
アイスクリームを
溶かして飲むみたいにしてみんなは祈る
無限の暗澹は嫌です、

もう二度と一人になりませんように
何人かが不意に立ち上がり
見に行こうよと隣の子が誘ってくれる
ほとぼりが冷めたあとの講義棟で
「夕焼け」という語彙の使われ方が
いまごろになって批判されているんだって
行こう、と返事をして
スプーンとフォークを捨て
手を繋ぎ思い思いに走り出す

脚を退かすまでおまえの耳元で喋り続ける、そして平和

漠然とおなかが痛い、そのとき本当に耐えがたいのは実は痛みそのものではなくて、いまじぶんがおなかが痛くて苦しくてどうしようもないのだということを、慰めてもらいたいのでも声をかけてほしいのでもなく、ただ知ってほしいという欲望に胸が今にも詰まりそうになっているのが、せつじつに苦しいのだと思います。範囲としてじぶんがあり、空間があり、その接続する部分、そこの在り方が定義されていなくてじわじわ寒くなってしまうんですね。あっ、痛い痛いまたすごく痛くなってき

た、そういえばみんな話すことがなくなると私みたいに病気の話をするわけですよ、病気の話っていつでも盛り上がるんです、ちゃんとその時々の話題がありますのでそこに乗っかりさえすればありとあらゆる発露が円滑に行えるようにうまくできておるんですね、はい。でもわからない、なんでどうせ見えもしないじぶんや他人の骨のかたちや内臓の色を気にするのかな。支点がいつも切り捨てられて青いままの長靴の底、かたかた音を立ててふるえて円柱、顔を洗おうとしたときの苦いひかり、なくなってしまうのにやがて曖昧にひろがるその温度、それらは気にならないけど骨のかたちや内臓の色は知りたいと言うのでしょうか。それはたとえば、いつまでもおなじところで座っているわけには、いかないから椅子は綻びてしまう？　と私が聞いても許されないことと実は関係があるんでしょうかね。ええかげんにせえよ、あんたはええかげんにせえって恐い顔が並んで、いえ、でもそこで推移してもどちらにしろ規則であるとか、現象であるとか以前に不在のままというわけで、砂にまみれた空がまず横に映ってときどき、深い裂け目に向かってかなり縦に、私どももそれに合わせてかなり縦に動かなければなりませんから、いまは一時的に遅くなっているけれども、一度にたくさん抱え込まれている組成、が、みるみる正確になってゆくという塩梅です、あ？　そこでは廊下という廊下に放置された埃の積もった無線機がいっせいに鳴り始めると聞き及んでおります。

NULL

押入れの隙間から誰かが
立っている部屋を見た
顔は見えないけれど彼女は
怒っていて
花瓶の割れる音と　床の
擦れる音がした
押入れから這い出ると
脚が思っていたよりも長くて
まだ顔は見えない

風邪をひいて寝ていたんだったな
なんだか世界というよりも実際が
抽象的な成り立ちをしていることが悲しくなった

ほんとうにおまえたちはよく似ているよ
水をたくさん欲しがるし短く喋りもする
そうでなくたって
死んでいない人がこちらを伺っている
もう一度フロアから声がしたら
すぐ
指のたくさん散らばっている作業室へ戻るよ
まだほのかに暖かい
ラミネーターを机に残して

外に出て歩き出すとまだ暗く
この通りも亡霊の噂が絶えて久しい
影から伸びてきた
白い腕が傘を開くとき一緒に
朝を押し開いたとでも言うの、
と笑っていた
ひかる土地の底が焚かれて
三々五々　ゼラチンが剝離して行く
今度こそ
余地のない記憶を担う
後方で激しく過去が揺れている
かつてアトピーと高熱に怯えながら
連れだってここに来る前
思っていたよりもずっと近くに

白い腿はあなたですか

とてつもない水溜まりに浮かぶ白い船
を見たことがある
以前より痩せた背中や斑点を見られるのが
いちばん怖かった二年前
白い船がほろほろ
崩れてくれなかったのが心残りで
復讐を為すため
浴槽を
鰻

でいっぱいにする
あとはもうなすすべなく
暇で仕方なく消しゴムを噛む
ここでは文化が違うから
服を着ていないと改札を通過できないし
悲嘆、は丁寧に押し広げられてまったく別のものに見える
あまつさえ、
もっとも鬱陶しい口唇期が来た
（青山一丁目で降りる）

東欧史についての集中講義を受け
剝がれた皮膚の代わりになるものを探そうと
徘徊する途中
まだ何もしていないのに

空から降ってきた
鰻
に巻き込まれて
四人の警官が死んだ
血塗れだった
いちばん若い警官がその間際に
「白い腿はあなたですか」
と言うのをしゃがみながら
笑えるほど近くで聴いていた
わたしが死因
を覚えておく必要はなかった

草と光の長さにからだを浸されながら
偶然を装って

泡を吐き出し
今は白い船のことなど忘れている

起きているとき人間は常に溺れている

コンビニの跡地に剝き出しの土地が晒されていて
現にわたしはここがどこなのかわからなくなった
窪んだまま元に戻らない痣
解けて行く古い髪の毛の束
折り紙を正しく折れなかったから
誰もブランコを漕いでくれない
兎は隣の家の夕餉に供されてしまった
いたるところから胃が痛いほどの腐臭
ぼうだいな鍋底へ灯る幽かな　まばたき

膠着した塹壕戦みたいにあちらの様子を
傘を差しながら伺っている

わたしたちが生まれたころ
おおくのバスケットコートは既に占領下にあった
窓辺まで来ても話すことはそう多くなく
起きているとき人間は常に溺れている
ねえ、
もう腕を強く引っ張ったりはしないから
木犀を折ってここまで降りておいで
気にしなくても
沈黙はそう簡単に擦り切れたりしない
馬鈴薯を腕に抱えて歩く夏日の途中
そのとき

また
思いがけない彩色の小路で
あなたを見かけるのだろうし

食欲

「息」と名付けられたその作品は史上最短の演劇とされ、わずか三十五秒間で終わってしまうのだと教わったことがあった。私はそれを、弟からの長いメールで知ったと記憶している。（弟は二十六歳で去年から町の電気技師として働いている徹底した温情主義者であり恩赦の嘆願を何よりの娯楽とした）添付されたリンクの遷移先には短い動画があって、動画の中で弟は、プラスチックの容器に注がれた一杯の灰のスープをさらった。次に四角いパンを毟って、木の匙で削ったバターを塗っては口に放り込む。弟はバターで唇を光らせながら、ある外部からの要請に駆られて、変節と成熟の厳密な区別について説明しようとする。しかし　声はいっこうに喉の奥から上っては来ない。弟はまるでこうするより他にないのだと言いたげに幽かに、微笑んだ。本当は私に弟などいないのだが、それでも私の弟はずっと映像の中で、微笑み、静かに沈黙を守っている。

ところで私は今
じぶんが歩いていることを認識することができる
左右にあるまっくらな部屋を通り過ぎながら
まっすぐ前方に続く廊下を歩く
ときおり足を止めて
それぞれの部屋を覗き込んで見るのだが
何をも受け付けない滞留した闇があるばかり
あまり長い間　足を止めていると動悸がしてくるので

望むと望まざるとにかかわらず
私は目的のない前進を再開せねばならない
廊下には途切れることなく音楽が流れている
ピアノの音だ
ショパンだかブラームスだかリストだか知らないが
どうでもいい
どこかで聴いたことがある（気のする）音楽だ
私は自由意志によって　ではなく
命令されてここを歩いているわけだが
どんな命令だったか　誰の命令だったかは知る由もない

水が欲しいような気がしたし
水など欲しくもないとも思った
怒りはとうの昔に軟化してしまっていたし

かといって喜びの欠片も見あたらなかった
ただ理解できることは寓居が終わったということだ
寓居が終わった今
集団を生かしめて来たものすべてが
今度は集団を圧殺せんと駆動し始める
という原理
古今東西　蘇生は望むべくもない
採択は既に為されたのだから

白いライトに照らされた床
芸のない頑なな闇に満たされた部屋
私は抗議も抵抗も選ぶことはなく
歩く
歩き

歩き
歩き
そしてまた歩いた
やがて廊下は左右に分かれる
右の壁には「恐怖の繁栄の前史」とあり
左の壁には何も書かれていなかった
何の脈絡もなく猛然と
私は私の肉を喰いたくなった

魚と「魚の影」

「魚の影」はあるのに
「魚の実体」は居ない池を見たことがある
当然、論争になった
論争は百夜続き
千夜続き
国境線と人口構成が変わり
この街で唯一の
「美しい」という形容に値する構造物
おそろしく不要な長さを持つ橋が破壊されたあとも続いた

論争が長引けば長引くほど参加者は増え
主題は曖昧になり
そうこうしているうちに池は埋め立てられ
跡地は平坦な駐車場となった
やがて誰しもが
魚と「魚の影」や池のことなど忘れてしまう
だがS君の父が言うところによれば
初めから論争など必要ではなかったのだ
　だって
あんなに活き活きと泳ぐ「魚の影」を前にして
たかだか「魚の実体」が居ないという事実など
さほど重要なものとは思えないだろうよ
その年の春の終わりに差し掛かった日
S君の父はにわかに激高して上司を殺害し

報復として部下の男どもに撲殺され終いには
緑色のフェンスの向こうへ
投げ捨てられてしまったのだが
S君の家の床下からは未だに彼の声が聞こえるし
たまに言葉を投げかければ返事も返って来る

おい、とS君は言葉を発する
なんだ、と床下から腹立たしそうな声がする
おまえは魂と対立する経験を擁護しようとしたのかねえ?
とS君は問う
床下からは回答はなく
颪のような笑い声だけが騒々しく反響する

非抱擁

――でも、何かしたほうが良いんじゃないか?
――何もしなくて良いのよ

反批判までの合間
君は私の恥辱を通して君自身を見る
垢で黒く汚れた君のストールと
私の着た埃っぽいオーバーを
交換するためにこそ出会おう

君は自分の一連の人生から退場したあとも
感動の薄い粗末な仕事がひとつ与えられている
ぐったりと疲弊し息も絶え絶え
いざ棺の中を覗き込むと
君のぶんの棺には
知らない男が横たわっているから
君には彼を退かす必要があるのだ
もしも君が
彼の重たいからだを退かすのに成功したところで
それは勝利と呼ぶには余りにもさもしい完了だ
私はその空虚を君と分かち合うことはできないが
どんなにか辛く報われないものであったかと
互いの視線を低く交わすことはできるだろう
そのとき

「そんな眼で俺を視るな」と
君に言われてしまうのかもしれないな

煙草を咥えた農夫は麦畑の真ん中で
天使を名乗る水道局員を撲った
眼球をぐるりと裏返すと
ようやく崩れ落ちる無用の塔
こんなに天気が良い日には
死んだ犬だって水を飲む

完璧に垂直な壁の前に立って
そこだけ奇妙なほどくっきりと白い掌を
遣る瀬なく擦り合わせる君よ
芝生を永遠に讃えるブラスバンドの演奏が

遠くから
ゆっくりと
こちらへ近づいてくるのを聴け
それはやぼったい世界の静寂を
追い払いながらただ去って行く

——でも、何かしたほうが良いんじゃないか?
——何もしなくて良いのよ

オルゴールから溢れた血はあたたかく
ほんものに似ていた
そのうち一人が笑い始めると
遅れてもう一人も
咳き込むように笑い出す

愛の経験

物凄い口臭の大学生と
熱烈な恋人になったことがある
出会いはまだ午前と言える時間帯の高架下
ほどけた靴紐を結んでいる当人が
たまたま私の視界に入った
靴紐を結ぼうとしゃがんだために
いかにも安物のしかもくたびれたモッズコートが
地面に接してしまっている
一目惚れだった

その場で交際を申し込んだのだ
大学生は一時間後に控えていたアルバイトを
私の方は暇つぶしに脅迫電話を掛ける予定をよして
二人で固く腕を組んで駅前を歩きながら
私はようやく大学生の物凄い口臭に気付き
大学生の方も私の外部に表出した内面的な異常を察して
ますます互いの巡り合わせの幸運を思い結びつきを強めるばかりであった
私たちはその日はじめて知り合ったにもかかわらず
あたかも百年来の連れ合いで
ああこのまま地獄まで一緒に行くのだという心持ちだった

私が今日は自分がご馳走すると言うと
大学生は手を繋いだ私を引っ張るようにして
早足で歩きながらマクドナルドへ入り

五つも六つもハンバーガーを注文しては
すべて一人で食べてしまった
ポテトもハンバーガーと同じ数だけあった
星座のようなにきびをつけた頬を膨らませ
まだ飲み込んでいないうちから別の包みを開け
ハンバーガーを口にあてがって
もごもごと運動するその様を見ていると
愛だな、放牧の日が近いからと私は胸の中で呟き
体系を渇望した、
別の秩序を創出する必要を強く感じた

物凄い口臭の大学生は結局
マクドナルドを出てすぐに離別を切り出し
私たちの三時間と少しの交際は終わり

改めて一人と一人になった
これは教訓でも何でもないが
孤独を諒解するためには
時には他人の手を借りなければいけない

ノックする世界

録音された自分の声を聴いていると
ふと
無性に咳き込みたくなることに
あなたは同意するだろうか？
自分の声しか耳にしないまま
一生を終える可能性について思いを巡らせたことは？
誰も話しかけてくれなかったら、私は私に向けて
延々と話し続ける
笑顔で語るのは、私

笑いながら相槌を打つのも、私

姿勢の良い警備員がやってくるまでの合間
私は論文を書いた
「時間を浪費する」、という言い回しは
不正確ではないかという内容の論文
最初から　時間の方が人間を食い散らかしているのだ
骨も残さずに
食われる側は悲鳴も抗議も口にせずに

日々が窓を一枚隔てたさきに押し寄せてくるたび
私は救いようのない事物について考える
スライスされてタッパーに詰められ
やがてドッグフードの原料となるエンジニアの肺や

どこにも接続されない、
内側に汚れのこびり付いた半透明のチューブのことを
まだ生きているのに黙禱されているあの男のことを

値付けされた労働力として交換可能となった
人間の尊厳が
千円札二枚で釣りが来る北欧風サンドイッチと
紙コップに入ったコーヒーのセットで
回復することができると本気で思っているの?

あの頃
イワシの群れがとても低く泳いでいたよね
無情にも冷えていく羊歯
教化と分かちがたく結びついた羞恥が

今にも背の高い水死者に訪れようとする
私はスナイパー
私は遮蔽板
私はあなたの痛みだった
夜明けの光線をスクリーンに再現しようとしてすぐ
窮屈な立方体から顔を出す
別れ際
加算されていく値がいつも羨ましいと思っていたのを
あなたはこっそり打ち明けてくれた

オリーブグリーンのハンカチを犬に寄越してしまって
閉ざされた眼の奥であなたは不意に笑ったのだ
〈恐怖から無限に逃れ続けるため〉
〈三〇兆バイトの記憶容量を捧げましょう〉

もうすぐ
肉付きが衰え黒い痣の目立つ脚がそこに届くよ
白いプロパガンダの長い夏に
木漏れ日が不穏な楕円を描く中庭に
もう使われなくなった地下水路へ、
設置されたままの流量センサーに

私のもとへ訪ねて来るときは
どうか
少なくとも三千回ノックして欲しい
それはクラクションや歌やデモや弔意のように
季節も時間も選ばず唐突にやって来る
コールされた私が
また別のコールの起点となって

人間という水場の諸相

憑かれてしまったような荒い息を抑えて
「辺境」などという語は二度と用意するな、と走り書き
今また大人と子どもが
サンダルを浸しに池へと向かう

やさしさを見せびらかす一瞬の緊張が
泡立つ水面の新しい時間を
引っ掻いた　読点もなしに
凝集する、

ぎこちなく、
物憂げな、
リズムで、
震える、
瞼で、
埋められた、
鳥を見る、
一点を目指して接岸する……

火が背面を洗う午睡の中
古い無言の相似形を養う

あとがき

この詩集に収録されている作品は、僕が二十一歳のころから、大学を卒業して働き出し、二十五歳の半ばを過ぎるまでの間に書かれました。人によっては、それはいわゆる「青春の墓標」とでも呼ぶべきものなのかもしれませんが、僕はそのような恥知らずな敗北主義を採りません。ただ、幸運にも刊行の機会に恵まれたこの詩集が、ひとつの区切りであることは確かです。退行的ロマン主義と終末趣味の諸傾向を清算し、そして根源的な大きな恐怖に抗する手立てを確立することが、僕の詩作における一応の目標であり、僕はこれから先の長い時間をかけてその目標の達成に向けた努力を継続せねばなりません。刊行に当たって、多大なご助力を頂いた土曜美術社出版販売の方々、装幀を引き受けてくださった森本良成さん、創作を励ましてくださった家族や友人や先輩たちに、感謝を伝えたいと思います。この詩集が、一人でも多くの方の手元へと届くことを願います。

二〇二三年九月

雨澤佑太郎

プロフィール

雨澤佑太郎（あめさわ・ゆうたろう）

一九九七年生まれ
大学在学中「早稲田詩人」「インカレポエトリ」等に参加。現在、短歌ユニット「くらげ界」メンバー。
二〇二〇年、詩集『晩年はいつも水辺にあって』

詩と思想新人賞叢書17

空位（くうい）のウィークエンド

二〇二三年十一月二十日　発行

著者　雨澤佑太郎
装幀　森本良成
発行者　高木祐子
発行所　土曜美術社出版販売
〒一六二―〇八一三　東京都新宿区東五軒町三―一〇
電話　〇三―五二二九―〇七三〇
FAX　〇三―五二二九―〇七三二
振替　〇〇一六〇―九―七五六九〇九
印刷・製本　モリモト印刷

ISBN978-4-8120-2804-9　C0392